Histoires

extraordinaires

de chez nous,

en Beauce

et ailleurs.

André Lejeune
Août 2013

Les illustrations à chaque fin d'histoires sont de l'auteur.

« L'encorceleuse » huile sur toile illustrant la couverture est de l'auteur.

Préface

Les treize histoires extraordinaires contées par André Lejeune se déroulent dans la Beauce des villages en des temps immémoriaux. « Le siècle venait de naître. On ne sait plus lequel : dix-septième, dix-huitième ou dix-neuvième du nom, ça ne fait rien » dit joliment l'auteur pour introduire les aventures de « Juliette la voyageuse ». Pour les autres récits, l'éventail des siècles se déploie du Moyen Age au début du XX° siècle...

Ces histoires nous parlent d'un monde rural révolu où la vie était rythmée par les travaux des champs et les soins à donner aux animaux, et d'un monde idéalisé aussi où régnait l'harmonie sociale et familiale. Ce quotidien simple est toutefois rompu par d'étranges apparitions et des manifestations maléfiques où s'agitent lutin malicieux, loup-garou ou vilain diable. André Lejeune entraîne alors ses personnages dans la farandole d'un univers qui échappe à leur compréhension. Le sortilège n'est dénoué que par l'action du bon curé ou par un pèlerinage au saint protecteur. Les fins sont heureuses à l'exception du beau récit intitulé « l'étrange femme en haillons » où Alphonse et Berthe ne respectent pas les vœux d'une sorcière qui aimait les oiseaux...

Ces contes font-ils bon ménage avec l'histoire, celle qui s'abreuve, non pas aux fontaines magiques, mais aux sources écrites ? Il suffit de consulter le livre de l'abbé Thiers, curé de Champrond-en-Gâtine au XVII° siècle, le livre de Chapiseau sur le folklore de la Beauce et du Perche ou encore les documents conservés aux archives du département pour se convaincre que superstitions et diableries faisaient partie de l'univers mental de nos ancêtres. L'histoire même du « moulin ensorcelé » s'inspire d'un fait divers survenu à Cormainville en 1849 et qui défraya la chronique locale.

Les histoires d'André Lejeune ont la saveur de celles qui étaient autrefois publiées dans les almanachs et racontées à la veillée. Rêvons un peu : chaussons nos sabots, installons-nous autour de la cheminée avec nos enfants qui n'auraient pour seule technologie que leurs oreilles grands ouvertes et écoutons...

Il était une fois ...

Alain Denizet

Professeur agrégé d'histoire et géographie.
A publié :
En 2007 « Au cœur de la Beauce, enquête sur un paysan beauceron, le monde d'Aubin Denizet » Prix du manuscrit du pays de Beauce et du pays dunois.
En 2012 « En Beauce et en Perche, nos ancêtres dans tous leurs états ». Histoires de l'almanach de la Beauce et du Perche.

Chaque région possède ses légendes, contes ou histoires extraordinaires. En Eure et Loir, beaucoup de « techniciens en histoire locale » les ont collationnés, écrits, romancés. Il suffit de se plonger dans le « Folk-Lore de Beauce et du Perche » paru en 1902 de Félix Chapiseau (1857–1927) pour en découvrir un grand nombre qui ont été repris et complétés par Charles Marcel-Robillard (1898-1985). La mémoire orale a aussi continué à transmettre des aventures réelles ou fictives jusqu'à ce début de XXI° siècle. Des historiens ont commis de beaux ouvrages soit romancés soit précis dans la transcription de ces textes anciens. Il suffit de se plonger dans les ouvrages récents de Alain Bouzy, Gérard Boutet, Michel Brice, Alain Denizet, Alain Loison ou Gérald Massé pour (re)découvrir nos histoires beauceronnes ou percheronnes.

Mon plaisir est de conter ou raconter car je ne suis pas un chercheur-historien. Ce que j'ai écrit dans cet ouvrage m'a été inspiré en partie par la lecture des ouvrages cités précédemment ou par des histoires racontées en famille. Il y a aussi de pures inventions pour faire rêver petits et grands Vous pourrez peut-être reconnaître des lieux connus, des bribes de mémoire de nos anciens...

Je vous invite donc à une balade pleine d'aventures.....

Bon voyage

Le petit garçon et son lutin

Pas loin de mon école, il y avait l'église et derrière un petit pont, un gué. Au loin, on voyait un moulin ou une ferme au milieu des près. Un mystère s'y serait produit ; c'est Maria, la grand-mère qui faisait chauffer notre gamelle du repas de midi, qui nous l'a raconté :

« C'était il y a très longtemps. Dans cette ferme, une famille de petites gens plutôt pauvres y vivait chichement avec leurs maigres récoltes. Ils cultivaient des petits champs avec un âne qui peinait à tirer l'araire ou la herse. »

Un soir de printemps, alors qu'il ne reste presque plus rien comme travail dans le champ, l'âne arrête brusquement, le père tente une fois de plus de le faire avancer avec une carotte devant son mufle : rien à faire, rien ne bouge. Le père décide donc de le dételer et aussitôt le têtu part au triple galop vers son écurie en braillant sans arrêt. Le père arrive derrière lui et surpris voit son âne calme. Il lui ouvre la porte, le cajole et lui donne une poignée de foin puis rentre à la maison.

Devant ses cinq enfants le père conte à sa femme ce que vient de faire l'âne. Tous se posent des questions à l'exception du petit dernier. Du haut de ses cinq ans il annonce :

« - C'est un coup du lutin farceur ! Il a dû montrer le bout de son chapeau à notre âne, ça lui a fait peur !

- Que dis-tu ? demande sa mère

- J'ai déjà rencontré ce lutin le soir, les veilles de nouvelle lune. Il saute dans les hautes branches des arbres, il rit tout le temps !

- Où l'as tu vu ?

- De l'autre côté du ruisseau, là où il y a les grands peupliers et les nids de corbeaux, ses amis

- Tu as peut-être raison reprend le père, demain c'est la nouvelle lune ! L'âne l'a sans doute vu ! Fermons porte et volets, il ne faut pas qu'il rentre dans la maison

- Mais non, n'ayez pas peur, il est farceur, pas méchant ! »

Tous se regardent autour de la table; le père se gratte la tête; une chape de plomb semble être tombée sur la maisonnée. La mère distribue les écuelles en bois et sert la soupe bien chaude. Tous les yeux sont fixés sur le petit dernier mais ils n'osent lui poser des questions.

Le lendemain matin toute la famille est au travail dans le champ où l'âne a enfin fini de retourner la terre. Les grands brisent les mottes à la houe, les petits retirent les pieds d'herbe et les posent au bout des rais de labour. Le père suit avec une serfouette et trace des rayons qui vont recevoir les haricots. Il en va ainsi de leurs journées. A cette époque, seuls les enfants de châtelains apprennent à lire et à écrire. La famille réussit à vivre avec le lait de leur vache, les œufs de leurs poules et de la viande du cochon bien engraissé, mais pas tous les ans. Pour économiser la chandelle, tout le monde se couche comme les poules...

Quelques temps plus tard, le père est dehors. C'est la veille de la nouvelle lune. Le mère est dans l'entrebâillement de la porte et demande :

« - Tu le vois ?

- Non, mais je vais aller au fond du jardin. Rentre et tire la porte. Fais attention, pas de bruit, ne réveille pas les enfants. »

Le père est maintenant dans le champ au pied de la rangée de grands peupliers. Il frissonne, de froid ou de peur, il ne sait pas.

Il entend l'eau couler entre les pierres, des grenouilles coasser, un grand duc hululer avant de fondre sur sa proie. Des chauve-souris lui frôlent la tête. Un souffle d'air tiède passe sur son cou. La cime des arbres se met à bouger. Le père tourne la tête dans tous les sens et ne voit rien. D'un coup, un grand silence, les branches hautes des peupliers se mettent à tourner comme des moulins. Un poisson saute dans le ruisseau. Le grand duc pousse un cri. Le père sent un souffle glacé s'abattre sur lui. Il lève les yeux et il voit une forme lumineuse qui change de couleur en haut du premier peuplier de la rangée, elle grossit, saute d'un arbre à l'autre, elle rapetisse, elle devient verte puis rouge et saute sur le sol. Le père tremble en voyant devant lui un personnage de moins d'un mètre de haut avec un chapeau étrange et deux cornes comme celles d'un bélier ; ses pieds sont chaussés de jaune. Tétanisé le père lui demande :

« - Est-ce toi qui a fait peur à mon âne ?

- Oui, retourne chez toi. Il y a le bonheur. »

À peine ces mots prononcés , le lutin éclate de rire et disparaît laissant le père ébahi, ne comprenant rien à ce qu'il vient de se passer. Il revient lentement vers sa masure, le dos voûté comme chargé d'un très lourd fardeau. Arrivé dans la cour, il entend des bruits étranges dans l'étable. Inquiet, il va voir, ouvre la porte et pousse un cri. Sa femme l'entend, sort en trombe de la maison et le rejoint en lui demandant ce qui se passe. En bégayant, il lui dit de regarder :

« - Il il il y y a y a.... deux vaches avec la nôtre et un cheval à la place de l'âne dans l'écurie !

- D'où ça vient ?

- J'ai j'ai j'ai... vu vu le lutin farceur et il m'a dit qu'il y avait le bonheur à la maison , est-ce que c'est ça son bonheur ? »

Le père et la mère rentrent à la maison et tremblant s'étreignent avant de s'installer à la table.

Ils parlent, pleurent, se regardent puis vont se coucher.

Le lendemain matin, ils sont debout avant que le soleil ne se montre et ensemble vont à l'étable voir si les nouvelles bêtes sont encore là. Ils constatent que rien n'a changé : les trois vaches et le cheval sont bien là. Les enfants découvrent le miracle dès qu'ils sont levés. Le petit dernier reste un peu en retrait et prie tout seul.

La vie est totalement changée dans la masure. Les champs sont plus vite travaillés, le foin est abondant et chaque jour la mère obtient deux ou trois seaux de lait. Elle fait des faisselles, des fromages et engraisse un nouveau cochon avec le petit lait. L'été suivant, un soir, alors que toute la famille termine son simple dîner, le petit se lève et annonce que le lutin veut le voir.

Supposant que le lutin veut savoir ce que les vaches sont devenues, il part vers les grands peupliers en demandant à toute la famille de ne pas bouger. Ses frères et sœurs sont serrés autour des parents, tous sont immobiles. D'un seul coup ils entendent le cheval hennir et les vaches meugler. Ils courent à l'étable et ouvrent la porte : les bêtes dorment et sont calmes ! De retour devant la maison, ils regardent vers les grands peupliers. Un bruit étrange se fait entendre faiblement puis grossit : quelqu'un chante, et jamais ils n'ont entendu un tel chant. Les branches des arbres se balancent au rythme du chant et en suivent la puissance, elles sont prises dans un tourbillon et d'un seul coup un éclair, un coup de tonnerre puis plus rien : le silence. Quelques instants plus tard, le haut des branches s'éclaire, un halo rouge puis jaune les entoure. Cette lumière enfle puis devient blanche et... encore un coup de tonnerre. Toute la famille est terrifiée, ils tremblent tous dans les bras les uns des autres. Personne ne bouge. Un petit bruit attire leur attention tout près de la porte de la maison puis un éclat de rire les fait se retourner. Il n'y a personne mais une voix aigrelette se fait entendre :

« - Le père, rappelez-vous il y a longtemps, vous étiez enfant, grand comme votre petit aujourd'hui. Vous aviez sauvé des eaux un faon que vous aviez ensuite caché dans les fourrés. La mère, à peu près au même âge, vous aviez donné, en cachette de vos parents, un morceau de pain à un pauvre hère qui errait par monts et par vaux.

- Je m'en rappelle, dit le père.

- Moi non, répond la mère.

- Je suis le roi de ces lieux et le pauvre hère était mon grand père, le faon mon frère. Gardez mes bêtes, elles sont le remerciement de votre bonté.

- Pourquoi faites vous ça ?

- Quand j'ai rencontré votre petit, il m'a dit qu'il cherchait une poignée de bonheur pour vous tous et vous aider à mieux vivre dans votre humble masure. Il va revenir tout à l'heure avec mon fils, c'est la lumière là-bas vers les grands peupliers.

Effectivement un nouveau halo rouge s'est formé au sommet des arbres, les branches bougent à nouveau puis c'est le calme, la lumière disparaît, la nuit noire revient, un léger souffle frais caresse les cheveux. Toute la famille rentre et trouve le petit déjà assis à la table. Ils s'agenouillent devant lui et prient.

« - Relevez vous, je ne suis pas Dieu. Par contre le lutin m'a demandé de ne rien dire à qui que ce soit de ce qui vient de se passer. Maman, il y a un repas de fêtes dans le four de la cuisinière, à table tout le monde.»

Pendant de longues années la petite famille vit avec le cheval et les vaches du lutin sous le regard inquisiteur des habitants du village proche. Les enfants grandissent, les aînés sont partis ou se sont mariés , seul le petit reste aider ses parents.

Un jour pourtant, il fait le plus difficile de sa vie : l'adieu à ses parents partis rejoindre les anges.

Peu de temps après, assis devant la masure alors qu'il pleurait à chaudes larmes, le cheval et les deux vaches – ils n'avaient jamais vieilli depuis leur arrivée – sortent seuls de l'étable et viennent devant le petit.

« - Tu as été le meilleur des enfants, reste sur cette terre où tu vas fonder une famille dans le plus grand bonheur. »

Le petit sursaute en entendant ces paroles : il n'y a que les trois bêtes devant lui. Il les regarde et voit leur mufle bouger et il comprend que se sont elles qui lui parlent. Elles reculent, font demi-tour et s'en vont vers les grands arbres. Une lumière apparaît au-dessus d'elles, virevolte dans le pré et vient se poser devant le petit :

« - Mon petit, les lutins et les anges sont au fond du cœur de chacun. Ceux qui font du bien sont toujours récompensés. Ne gâche pas les jours qui viennent .»

Le petit tend les bras pour embrasser son lutin mais celui-ci, en riant, est déjà loin en lui disant

« à la prochaine nouvelle lune »

La ferme existe toujours et je ne sais pas si les récoltes y sont aussi généreuses. Je n'ai pas osé demander aux enfants qui y vivaient si le lutin venait les voir les jours de nouvelle lune.

« *le petit tend les bras pour embrasser son lutin...* »

Quelques années plus tard, je découvre que non loin de notre village, des ruines sont face à la rivière juste en bordure d'une grande forêt. J'ai rencontré celui qui connaît tout sur ce château qui a été une place forte de la guerre de cent ans. Il m'a parlé d'un trésor caché qui ne serait accessible que la nuit de Noël et gardé par un fantôme blanc. Je n'y ai pas cru : cette légende est présente dans la région dans presque toutes les ruines ou au fond d'une mare ou d'un étang :

« Les trésors sont cachés au fond d'une grotte immense qui s'ouvre quelques instants chaque année à Noël au début de la lecture de la généalogie par le prêtre qui officie pour la messe de la nuit de la nativité. Les coffres débordant d'or et de bijoux sont visibles depuis l'entrée mais celle-ci se referme dès la dernière parole de la lecture du prêtre enfermant ceux qui ont tenté de s'approprier ce trésor... »

La source au caillou

En Beauce, l'eau disparaît vite dans le sol et peu de vallées existent. Certains vallons sont marécageux et le théâtre de choses extraordinaires. Non loin dans le Perche voisin, il y a une source étrange qui est nommée la source du caillou. En voici l'histoire :

C'était au printemps il y a très longtemps, le roi portait le numéro quatorze. Deux petits enfants, le garçon un peu plus âgé que sa sœur, jouent dans le jardin qui encadre leur maison couverte de rouches. Ils s'installent sur une grosse pierre qui est à l'ombre des arbres du bois qui borde le jardin. La famille vit isolée à plus de cinq cents mètres du village. Un léger vent chaud agite les branches, des oiseaux s'envolent en criant ou reviennent vers leur futur nid le bec plein de paille ou d'herbes sèches.

Se penchant le garçon ramasse une pierre et la montre à sa sœur ;
« - Regarde on croirait deux yeux et une bouche ! Et si j'y mets ce morceau de bois ça fait une tête ! »

Les enfants reviennent à la maison en courant et appellent leur maman pour qu'elle voie leur trouvaille. Surprise de cette tête en caillou, elle les félicite et leur demande ce qu'ils vont en faire.
« - Nous allons la poser devant la maison, elle sera notre gardien ! »

Le lendemain matin, les enfants vont voir leur « gardien ». Le caillou a disparu ! Ils retournent dans la maison et se mettent à pleurer devant leur mère et leur père.
« - Papa, maman, notre tête en caillou a disparu, vous ne l'avez pas jetée ? »

Le père répond par la négative mais plissant les yeux puis se raclant la gorge, il leur dit :
« - Au milieu de la nuit, il y a eu un grand éclair alors qu'il n'y avait pas d'orage. Je suis sorti et, à l'endroit de votre tête en caillou j'ai vu une grande

flamme de toutes les couleurs puis la nuit noire. Avant vous, j'ai regardé à cet endroit et pas de traces de feu ni de cendres. C'est étrange. »

Quelques semaines plus tard, les deux petits sont dans le jardin. Ils regardent des fleurs de pissenlit, en cueillent une. Un pigeon se pose dans l'allée devant eux puis saute sur l'épaule de la fillette. Elle pousse un cri en sursautant. Le pigeon s'ébroue, allonge ses ailes et approchant son bec de l'oreille de la petite fille lui susurre

« - Allez dans le bois, vous y retrouverez votre tête en caillou. Pour la trouver, écoutez l'eau couler. »

Le pigeon s'envole aussitôt vers les plus hautes branches des arbres. Les deux enfants restent pétrifiés plusieurs minutes puis rentrent à la maison en courant.

« - Maman, on sait où est notre tête en caillou ! Viens avec nous la chercher, c'est dans le bois !
- Vous êtes sûrs ? Comment vous le savez ?
- Allez viens, oui maman, viens ! »

Les enfants, prenant leur mère par la main, sortent de la maison vers le jardin et s'engagent sous les grands arbres.

« - Maman, écoute bien, le pigeon nous a dit que notre tête en caillou était là où l'eau coule ! »

Tous les trois sont immobiles et tendent l'oreille. C'est par là !

Ils font une dizaine de mètres en écartant les branches basses et s'arrêtent d'un seul coup. Au milieu d'une clairière, une source coule et forme un petit ru.

« - Les enfants je n'ai jamais vu d'eau couler ici, c'est étrange ! »

Ils avancent au bord de la source et aperçoivent au fond de l'eau une petite tête souriante : le caillou des enfants ! Ils se baissent et mettent la main dans l'eau. A ce moment une voix douce semble sortir de l'eau :

« - Mes petits, j'attendais depuis longtemps qu'on s'occupe de moi comme vous l'avez fait. Pour vous remercier de votre bonté et de l'amour de toute votre famille, je vous ai créé cette source. Vous aurez de l'eau pure et fraîche sans aller jusqu'au puits du village.

- Pourquoi ?

- C'est mon secret de petit lutin de ce bois, au revoir mes amis. »

Un bouillonnement au fond de la source et la tête en caillou disparaît.

Les enfants ont continué à jouer avec des cailloux, fait des constructions, des murets mais jamais ils n'ont revu une tête en caillou et l'eau coule toujours bien claire dans le bois.

« un bouillonnement au fond de la source et la tête en caillou... »

On m'a dit que c'était peut-être cette source qui aurait permis aux aviateurs alliés recueillis au camp de Fréteval d'avoir une eau pure et fraîche...

Les lutins et autres petits personnages hantent souvent les bois et les bords des rivières. Les sorciers ou autres êtres malfaisants résident un peu partout et se cachent souvent derrière des hommes et des femmes d'apparence tout ordinaire.

Ainsi des bâtisseurs, alliés du diable sans doute, ont laissé des granges inachevées à Ymonville ou Fresnay l'Evèque. Les écrits confirment que malgré leurs velléités de terminer eux-même les travaux, les propriétaires voyaient ce qu'ils avaient fait – pose de chevrons ou de tuiles – disparaître dans la nuit suivante.

Au fait ne cherchez pas ces granges dans ces communes : les habitants vous guideront ailleurs.

Le moulin ensorcelé

Le diable aurait aussi sévi dans un moulin à vent du pays de Beauce il y a sans doute deux ou trois siècles. Voici cette histoire :

Le meunier exploite une petite ferme à côté de son moulin.

Un matin, il constate qu'une partie de ses bottes de foin a disparu. Quelques jours plus tard, des flammes détruisent le petit cabanon au fond du jardin qui avait son usage. Il ne comprend pas ces faits et se demande bien qui lui en veut. Sa domestique suggère qu'un voisin pourrait être l'auteur de ces méfaits : le meunier avait refusé de lui moudre un sac de blé parce que sa qualité était trop mauvaise. Peu de temps après, ce voisin est emmené par la maréchaussée et emprisonné.

Quelques semaines plus tard il est relâché faute de preuve et rejoint sa petite bicoque.

Dès le lendemain de l'arrestation du voisin, des coups violents sont portés dans les planchers et aux volets. Les premiers coups ont été entendus vers minuit et ne se sont arrêtés que vers trois heures du matin. D'autres nuits ce sont les portes qui s'ouvrent ou même des serrures qui disparaissent !

La domestique subit aussi des attaques étranges : des chandelles enflammées ou des chopines pleines d'eau se retrouvent sur son dos ou dans ses poches. Des chandelles se fixent sur sa tête et s'enflamment seules. Des casseroles ou des poêlons s'accrochent au cordon de son tablier.

Un matin, la domestique va à l'écurie et se retrouve ficelée dans les harnais qui se sont envolés de la sellerie. Incapable de se libérer, elle appelle son maître pendant plus d'une heure avant qu'il ne l'entende et vienne la délivrer. La semaine suivante deux colliers à chevaux l'ont ceinte. Un autre jour un sac à farine l'enveloppe de la tête aux pieds.

Elle devient folle et demande de l'aide à son maître ou à ceux qui viennent au moulin.

Certains fuient la domestique et hésitent à apporter leur grain à moudre. D'autre évoquent le diable en insinuant qu'il aurait investi le corps de celui que la domestique avait accusé.

Appelé à l'aide par le meunier, le curé vient faire un exorcisme de tout le moulin et de la ferme selon le rituel. Il y reste plusieurs heures et semble-t-il le diable a suivi ses pas quand il est rentré à sa cure : le calme est revenu dans ce coin de Beauce sur la route de Patay à Chartres.

Le voisin avait déménagé la veille de la venue du curé au moulin...

« *Quelques jours plus tard les flammes détruisaient le cabanon...* »

On s'aperçoit que les croyances des Beaucerons ou des Percherons au cours du moyen-âge et des siècles suivants sont loin de toute logique, surtout pour nous maintenant avec nos moyens de communications et d'informations.

A l'époque, très souvent la seule personne instruite était le curé et celui-ci jouait de son influence sur les gens de sa paroisse. Tout événement non « conforme » aux dires des préceptes de l'église devenait un mystère et une action du diable ou de ses alliés.

Les malades, qui risquaient souvent la mort, subissaient les traitements des guérisseurs et autres rebouteux ou goutteurs d'eau.

Ainsi naquirent de nombreuses légendes – racontées, romancées – qui montrent l'influence du diable ou des loups qui vécurent jusqu'à l'orée du vingtième siècle dans le pays beauceron.

Les enfants sauvés des loups

Dans les bois de Fontenay, les habitants, dès le moyen-âge, avaient aménagé une « fosse aux loups ». Ce piège, efficace et toujours visible, rassurait les gens de la région.

C'est à cette époque, qu'il y a dans les environs un personnage étrange que peu de gens ont rencontré même s'ils ont souvent entendu ses loups hurler. Il sort la nuit accompagné de sa meute d'une dizaine de loups. Les bêtes le suivent partout. Quelques fois, il fait passer de vie à trépas une vache ou la moitié de la basse cour dans une ferme, le paysan ayant refusé l'aide du diable par exemple pour rentrer sa récolte avant les orages. Les loups font alors un festin de choix et sont les seuls accusés.

Certaines nuits de nouvelle lune, des habitants ont aperçu furtivement une silhouette au bord de la Conie, sans doute celle de ce personnage, ils sont persuadés qu'il s'agit d'un loup garou ou d'un sorcier des marais.

Une veille de nouvelle lune, la nuit d'un jeudi au vendredi, le sorcier ordonne à ses loups de lui trouver du sang frais et chaud pour le grand sabbat du lendemain soir. C'est son tour de venir avec la nourriture des sorciers et il se sent faible.

La meute attaque la maison de la famille Ruter, celle qui est à l'extrémité du village en bordure du bois. Les hurlements des loups et les cris glacent le sang des habitants qui n'osent pas bouger.

Le matin, au lever du jour, les hommes s'arment de haches et de faux et avancent prudemment vers la maison d'où venaient les cris. Le curé les rejoint avec le crucifix et de l'eau bénite. C'est lui qui entre le premier et découvre un sol recouvert de sang mais personne à l'intérieur. Tout est renversé, cassé, brisé, un désastre.

Malgré la peur, les hommes décident de partir tous, serrés les uns contre les autres, à la recherche de la famille disparue : les parents et quatre enfants !

Dès deux heures, dans la nuit, le maître des loups a eu son sang et de la chair fraîche à manger. Il a vite repris des forces, prêt à entreprendre le voyage pour le sabbat. Sa meute a continué le festin jusqu'à s'endormir le ventre plein. Voyant ses bêtes repues, le sorcier a pris dans sa besace les corps désarticulés des deux petits et a pris le chemin des marais.

Les hommes du village ont cherché de longues heures la meute ou leur maître. Au moment où le soleil était au zénith, ils aperçoivent la dizaine de fauves endormis à coté de restes humains et de lambeaux de vêtements. La lutte est terrible entre les fauves et les hommes qui finalement tuent tous les loups.

Tristes, ils mettent dans des draps les restes de la famille Ruter et reviennent au village. Les femmes sont en pleurs et le curé vient bénir ces morceaux de corps. Il prépare aussitôt la cérémonie d'enterrement et se fige d'un coup : il n'y a aucune trace des corps des deux plus petits ! Il prie et va dans l'église. Il se fait un devoir de les retrouver. Il reste à prier devant l'autel jusqu'au soleil couchant. Quand il se relève il prend sa pelisse la plus noire, un crucifix et une fiole d'eau bénite et part vers la Conie.

À quelques lieues du village, il y a dans les bois au milieu des marais une clairière qui est le rendez-vous des sorciers de Beauce.

Ce vendredi, nuit de la nouvelle lune, ils sont déjà une vingtaine à la réunion du sabbat, jour de grand festin. Il est presque minuit quand notre sorcier arrive et s'inquiète du feu sous le chaudron. Les autres sorciers raniment la flamme et s'emparant de la besace, la vide dans le chaudron. Les corps désarticulés des deux petits tombent dans le bouillon brûlant. Aussitôt des flammes vertes, rouges, bleues, jaunes montent dans le ciel de la clairière avec une odeur de soufre, dégageant des fumées orange. Les sorciers se mettent à danser et à crier leur joie. Une ronde se forme, les pieds ne touchent plus terre, la fumée âcre envahi la clairière.

À quelques mètres de la clairière, les roseaux bougent, une forme noire avance lentement, pliée en deux elle ne fait pas un mètre de haut ! Les sorciers tout à leur plaisir ne se doutent de rien. Cette silhouette étrange est celle du curé du village qui a réussi à retrouver le chemin du maître de la meute des loups. Il est épuisé mais il veut aller au bout de la mission qu'il s'est fixée. Il ne reste plus qu'un faible rideau d'arbres entre lui et la ronde des sorciers.

D'un seul coup il bondit avec le crucifix en avant en invoquant Dieu et les saints. Dans un bruit effroyable, comme vingt fois le tonnerre, les sorciers explosent en multiples flammèches et disparaissent. Le curé se précipite vers le chaudron et y verse sa fiole d'eau bénite. Sans qu'il y touche, le chaudron éclate et les deux enfants apparaissent bien vivants.

Autour d'eux et du curé, la clairière est en feu jusqu'en haut des arbres. Le curé se met à genoux couvrant les enfants de ses bras et prie. En quelques secondes le feu s'éteint.

À l'aube le curé apparaît à l'entrée du village avec les deux petits. Les habitants les accueillent en se jetant tous à genoux.

Au cours des années suivantes, les orphelins ont grandi heureux, chaque famille s'étant occupé d'eux, les choyant comme les leurs.

Ils avaient, parait-il, un pouvoir étrange : partout où ils allaient, les méchants, humains ou bêtes, se sauvaient en courant.

« Les sorciers se mettent à danser en criant leur joie »

Attention, si vous trouvez une clairière dans les marais en bordure de la Conie avec des traces de feu dans les arbres, vous êtes certainement dans la clairière où les sorciers ont tenu leur sabbat... Cherchez bien il y a peut-être un chaudron enterré sous la vase et les roseaux...

Le diable dans l'étable

Il s'est aussi raconté que peu de temps après le sacre d'un roi à la cathédrale de Chartres, de temps en temps des événements étranges se produisaient.

Ce matin aux aurores, Ignace vient de se lever et se rend pour la traite du matin à l'étable. Il vit chichement avec son épouse Bérangère dans leur ferme non loin de Viabon. Quelques arpents de terre, un âne, trois vaches et quelques volailles: c'est toute leur fortune. Il ouvre la porte de l'étable et entre. A peine a-t-il mis un pied à l'intérieur qu'il pousse un hurlement. Bérangère l'ayant entendu, accourt et le rejoint.

Tous les deux sont face à un spectacle d'horreur : Deux vaches sont sur le dos avec le pis entre les pattes avant, elles ne respirent plus, elles sont mortes.

Ils se demandent ce qui se passe, leur veut-on du mal, est-ce un maléfice ? Les deux fermiers sortent en reculant de leur étable et ferment la porte en la bloquant avec une fourche. Ignace tremble de tous ses membres. Sa femme lui dit qu'il faut aller voir tous les deux ensemble l'abbé Ferron, le curé du village.

Ayant pris tout de suite le chemin du presbytère, ils arrivent rapidement et Bérangère frappe à la porte. Il n'est pas encore huit heures et le curé se demande qui vient si tôt. Il s'habille rapidement. Il pense qu'on vient le chercher pour une extrême-onction à administrer. Surpris par la présence, avec Bérangère, d'Ignace qui ne vient jamais à la messe, il les invite à entrer.

L'abbé Ferron les écoute. Il réfléchit puis leur conte que des fermiers des environs ont vu quelques fois dans les bois vers Germignonville des choses étranges les nuits de nouvelle lune. Certains vendredis il y a un grand feu dans les bois avec des lumières de toutes les couleurs. Quand ils y vont le lendemain, il n'y a aucune trace de feu. D'autres affirment qu'en ces lieux c'est un sabbat des sorciers de la Beauce. Le curé craint la visite d'un tel sorcier chez Ignace et Bérangère. Il décide de les accompagner pour voir ce qui c'est passé dans leur étable.

Dès son arrivée, il demande à Ignace s'il n'a pas refusé une proposition d'un inconnu pour venir travailler chez lui ou d'un autre pour acheter ses biens. Ignace ne voit rien de précis et propose à l'abbé Ferron de voir dans l'étable ses vaches. Arrivé à moins d'un mètre de la porte, l'abbé se met à genoux et prie en tenant dans sa main gauche un crucifix. Ignace reste à droite de la porte et Bérangère de l'autre côté.

Avançant lentement toujours à genoux ; l'abbé ouvre le battant d'un seul coup et entre en priant. Il s'approche de la première vache et pose le crucifix sur le cuir d'une patte arrière. A cet instant un grand hurlement se fait entendre au fond de l'étable en même temps qu'une flamme atteint le plafond, le tout dans une odeur âcre de soufre. Une forme hideuse s'extrait du petit tas de foin, sort de l'étable à la vitesse de l'éclair et s'enfuit vers les champs.

L'abbé Ferron se dirige vers le foin qui s'est enflammé. Il l'éteint en présentant simplement le crucifix au dessus du tas.

Pris de tremblement de tous ses membres, l'abbé Ferron revient auprès de Bérangère et Ignace restés à l'extérieur. Ses paroles sont apaisantes et rassurantes. Il est persuadé d'avoir chassé définitivement le diable de leur ferme. Il demande à Ignace de sortir tout le foin de l'étable et de le brûler. Avant de partir, il va dans la grange et bénit le foin puis fait le tour de toute la ferme en priant. Il leur laisse un peu d'eau bénite pour en mettre dans l'eau des bêtes tous les jours pendant une semaine pour empêcher le retour du malfaisant.

Depuis ce jour Ignace assiste à la messe tous les dimanches avec Bérangère. Ils ont acheté deux nouvelles vaches. Elles donnent du bon lait et leur pis est bien entre les pattes arrières !

« une forme hideuse s'extrait..... et s'enfuit vers les champs »

Le garou de Bessay

Certaines personnes dans la campagne, surtout en Beauce, passaient des pactes avec le diable. Celui-ci leur promettait monts et merveilles pour réaliser un vœu, un espoir... Par contre, pour obtenir un résultat, ils étaient obligés de battre les champs en courant toutes les nuits jusqu'à accomplissement ou pendant sept ans ! Les Beaucerons les appelaient des garous.

Un cas est resté dans les mémoires des paroissiens de Bessay non loin de Voves. Cette histoire se serait déroulée chez les Gillet vers les années 1750.

Un peu à l'écart du village, les Gillet exploitent leur ferme et y élèvent des vaches, quel-ques moutons et possèdent trois chevaux pour les travaux des champs. Pour les aider, régulièrement aux louées de Saint Jean et de la Toussaint, ils embauchent des journaliers. Parmi eux, il y a Albert qui est présent depuis plus de six ans. Il fait presque partie de la famille. Chétif, le dos voûté, il est le vacher et mène le troupeau de ruminants aux champs et assure la traite matin et soir. Quelques fois, il se rend au village le dimanche pour prendre part aux assemblées des jeunes et des célibataires. Son visage tourmenté avec des yeux globuleux sous des sourcils broussailleux fait fuir les jeunes filles alors que les autres garçons les entraînent dans la danse jusqu'à la nuit.

Le mois dernier, Albert quitte l'assemblée bien avant le coucher du soleil. Personne ne remarque son départ à l'exception du père Ferdinand. Son âge l'empêche désormais de continuer son métier de charron repris par son fils. Son seul plaisir, maintenant, est de regarder les jeunes s'amuser. Il reste assis sur le banc de pierre adossé au mur de la mare sur la place.

Le lendemain, Ferdinand rencontre le père Gillet venu dans le village voir une de ses filles. La rencontre se termine à l'auberge devant une bolée de cidre.

Ferdinand parle de son vacher au père Gillet en lui expliquant qu'il ne reste jamais aux assemblées à l'approche du soleil couchant
« - Jamais je ne l'ai vu avec une fille, pourtant il y en a au moins deux qui sont faciles ! « explique-t-il » C'est jamais lui qui régale, il est réellement étrange ! »
Le père Gillet se gratte la tête, boit une gorgée et répond
« - Il est chez nous depuis cinq ans, jamais il a failli dans son travail. La seule chose bizarre c'est qu'il va dans sa cahute quand on s'habille le dimanche pour la messe. Des fois il se bouche les oreilles quand les cloches sonnent !
- Il ne doit pas aimer les curés !
- C'est peut-être autre chose. Peux-tu me prévenir quand tu le verras à une assemblée ?
- Pas de problèmes, je peux encore marcher une lieue pour aller chez toi, en prenant mon temps. »

Le premier dimanche du mois suivant, juin, c'est jour d'assemblée au centre du village. Tous les jeunes et même des gens mariés s'amusent. Ferdinand est fidèle au poste sur son banc et regarde. À presque cinq heures du soir, Albert arrive. Ses jambières sont tachées de bouse de vache, sa veste n'est guère mieux et son regard semble pire que d'habitude. Ferdinand se lève dès qu'il le voit et prend le chemin de la ferme des Gillet.

L'angélus sonne quand le père Gillet s'attable au fond de l'auberge avec Ferdinand. Il observe son vacher. La chopine de rouge a été payée dès que les deux hommes ont été servi. Avant que huit heures n'arrivent à la pendule, Albert quitte les lieux. Le père Gillet se lève aussitôt et se dirige vers la porte. Un gars de ferme le chope par le bas de sa veste et l'interpelle :

« - Alors père Gillet, on va courir derrière son Garou !

- Qu'est-ce que tu me racontes ?

- J'te parles de ton Albert

- Lui ! Un Garou ?

- J'suis sûr ! Les copains aussi. Moche comme il est, il a dû demander au diable de lui trouver une femme ! Il va devoir courir sept ans, pas une ne voudra de lui !

- Sauf si je l'arrête ! Et je sais comment
- Dépêche-toi, il doit déjà être loin ! »

Le père Gillet prend le chemin de sa ferme tout pensif vis à vis de son Albert. Au cours du chemin il aperçoit sous un pommier une forme étrange : un homme de petite taille, haut comme un enfant, est courbé, le corps recouvert d'un grand manteau noir. Le père Gillet se rapproche lentement. D'un seul coup la forme se dresse et part en courant vers le bosquet de noisetiers en direction de Voves. Il disparaît en quelques instants de sa vue. Inquiet et soucieux, le père Gillet rentre à la ferme et explique tout à sa femme : Albert est un Garou !

À quelques temps de cet journée, le père Gillet se rend au marché de Voves pour y acheter quelques poules et des canards. Les conversations tournent autour des aléas de la maturité des blés, des maladies des bêtes, de la fille à untel, du gars de l'autre, de la vie du coin. Un de ses lointains cousins vient vers lui et parlent de choses et d'autres puis lui dit
« - La semaine dernière j'ai retrouvé mes chèvres sur le toit de leur abri, complètement affolées alors que

je les avais enfermées le soir. Hier matin il y avait huit lièvres dans le potager à tourner en rond : il est clos de murs ! Par où sont-ils rentrés ?

- C'est bizarre
- J'ai l'impression qu'on m'en veut !
- Je devine quelque chose. As-tu une fille à marier ?
- Pas tout de suite, elle est encore jeune
- Viens chez Marcelle, on va boire un coup et je t'explique »

À l'auberge, les deux hommes sont accompagnés d'une chopine de vin dont le niveau ne baisse pas vite. Le cousin parle :

« - C'est comme si c'était un Garou qui était venu
- Moi j'en suis certain et je le connais !
- Tu connais un Garou !!!
- Oui. Je l'ai même vu il y a peu. Il va vite. Il doit pas être long pour aller à Chartres et revenir ! Je sais comment l'arrêter !
- Oh !
- On se revoit la semaine prochaine »

La chopine est vidée sur ces mots.

Au marché suivant les deux cousins se retrouvent autour de la chopine chez Marcelle.

« - Alors tes chèvres, toujours sur leur toit ?

- Non plus rien depuis dimanche, par contre vendredi et samedi quel cirque dans le poulailler ! Un enfer pire que si deux renards étaient venus ! Et les chiens ont hurlé toutes les deux nuits !

- T'auras plus de problèmes, je l'ai eu !

- Le Garou ?

- Oui, ça n'a pas été difficile, c'était mon Albert

- Ton vacher ?

- Oui ! J'ai tendu une corde en travers des grandes portes et j'ai attendu avec un bon gourdin. A quatre heures et demie, il est revenu en courant, s'est pris dans la corde et je lui ai asséné un bon coup sur la tête. Assommé, et le crane ouvert ; ça pissait le sang, le sang du diable, le sang des maléfices.

- C'était bien ton Albert ?

- Oui et je l'ai soigné. Et il m'a tout dit

- Dit quoi ?

- Il croyait avoir ta fille selon les promesses d'un petit homme bien habillé, sans doute le diable, qui lui avait dit « courre autour de chez elle la nuit habillé d'une peau de bête et elle va venir t'embrasser » et il a été ensorcelé !

49

- Et maintenant

- Il quitte la Beauce, il espère qu'ailleurs une fille voudra bien de lui. Il m'a assuré qu'il irait aussi à la messe ! »

Les deux cousins ont vidé une deuxième chopine en l'honneur du Garou, celui-ci ayant peut-être été le dernier en Beauce, pas d'autres histoires n'étant parvenues à nos oreilles.

« il doit pas être long pour aller à Chartres et revenir... »

L'étrange femme en haillons

Diables, sorciers, loup garou, leurs apparitions sont toujours étranges. Ils apparaissent aux yeux des mortels sous des formes auxquelles ils ne pensent pas. Témoignage avec cette histoire qui est arrivée en pleine Beauce.

En ce temps-là, en pays de Beauce, les troupes du roi avaient succédé aux anglais et aux hérétiques de Luther pour rançonner les malheureux paysans. La taille ou autres impôts, les vols, les menaces, les violences : les fermes sont en coupe réglée et tous les paysans sont dans une extrême misère. C'est ainsi que vit la famille Bazemart dans leur petite ferme non loin de Prasville.

Un soir, Alphonse, le père, termine de mettre un peu de foin à ses deux vaches et à son cheval. Il traverse la cour et ferme le portail par crainte des voleurs. Comme à chaque fois, il sort dans le chemin et jette un coup d'œil de part et d'autre. Venant du grand chemin vers Orléans, apparaît une femme qui avance lentement en claudiquant. Elle pousse devant elle une charrette bien chargée. La femme est habillée de haillons de toutes les couleurs et sur le dôme du chargement de sa charrette, il y a un chat noir. Alphonse la regarde se rapprocher. Arrivée à une dizaine de mètres de lui, la femme se met à lui crier de se préparer à sa terrible vengeance et qu'il devra rendre des comptes.

Alphonse fait dans l'instant demi-tour, ferme le portail en le calant avec une grosse pierre et rentre à la maison en courant. Il s'assoit tremblant à la table face à son bol de maigre soupe que Berthe, son épouse, a préparé avec des poireaux du jardin. Berthe s'inquiète de voir son homme dans cet état et lui demande pourquoi il tremble. Difficilement il lui explique sa rencontre dans le chemin, décrit l'habillement de cette femme fait sans doute de plusieurs épaisseurs de différents tissus multicolores, son chat qui râle en agitant la queue sur le dessus de la charrette, secoué par les trous et les bosses mal amortis par les roues en bois cerclées de fer. Alphonse finit par dire à son épouse les quelques mots de menaces qu'elle a proférés.

Après une nuit difficile, Alphonse se lève et reprend machinalement ses habitudes. A peine habillé, il fait le tour de sa ferme. Il ouvre les portes de l'écurie et de l'étable, entre et regarde, tout va bien. Il va jusqu'au portail, décale les pierres et sort sur le chemin, regarde à gauche, à droite. Tout est comme d'habitude, il voit même au loin un couple de lièvres en train de bouquiner et deux pigeons se faire une déclaration dans le poirier derrière la grange.

Il a une mauvaise surprise en revenant à la maison : trois poules mortes gisent sur le tas de fumier ! Il hèle aussitôt son épouse qui arrive engoncée dans un vieux manteau. Elle prend les cadavres de ses poules un par un et les examine. Elle leur regarde les yeux, le croupion, sous les ailes, manipule les pattes, rebrousse les plumes: pas de signes de quoi que ce soit ! Les laissant sur place Berthe retourne à la maison avec Alphonse et tente de manger leur petit déjeuner. Si le lait chaud arrive à passer, le pain et le cochon restent intacts. Du regard, ils s'interrogent et leurs pensées vont vers cette étrange rencontre de la veille au soir devant la portail.

Le dimanche suivant, c'est l'assemblée de printemps au village. La coutume semble respectée : pratiquement tous les habitants sont là en milieu d'après-midi pour s'amuser et danser en attendant le banquet du soir. Berthe et Alphonse ont rencontré les autres fermiers et l'aubergiste. Au cours des conversations, ils ont discrètement posé la question pour savoir si quelqu'un avait vu cette étrange femme et son chat noir. Ils n'ont pas dit que trois poules avaient été tuées. Apparemment il n'y a qu'eux qui l'ont rencontrée. L'angélus a sonné pour annoncer le début du banquet mais ils sont repartis ensemble par crainte de cette étrange femme.

Arrivés à moins de cent mètres de chez eux, Berthe attrape son homme par le bras et lui montre au loin une silhouette. Alphonse est pris d'un tremblement en disant à sa femme que c'est elle. Ils accélèrent le pas mais d'une enjambée invraisemblable, l'étrange femme est en plein milieu du portail. De son visage on ne voit que ses yeux, le blanc est rouge sang, des éclairs semblent en jaillir, son chapeau noir descend jusqu'aux oreilles, ses vêtements semble tourner comme les ailes d'un moulin. Son chat fait des bonds en crachant avec le poil hérissé sur le dos et la queue gonflée. Berthe et Alphonse sont pratiquement paralysés et n'osent pas faire un geste. Devant eux l'étrange femme fait un pas de côté et disparaît derrière un nuage de légère fumée comme un fin brouillard.

Ils se précipitent dans la cour et referment le portail. Pris de frissons, ils rentrent à la maison et vont tout de suite se coucher.

Le lendemain matin dès l'aube, ils sont debout, ils tournent en rond dans la maison ne sachant pas quoi faire. Berthe se décide à ouvrir la porte et regarde dans la cour. Les poules sont déjà à gratter la terre et caquettent joyeusement. Enfilant une veste, Alphonse sort et va directement à l'étable et à l'écurie : toutes les bêtes sont à leur place. Berthe l'a rejoint et se dirige vers le jardin. Au bout de trois pas elle s'arrête et appelle Alphonse : les lapins sont en train de manger les feuilles des salades qu'elle a repiquées samedi dernier. Les portes de leurs cabanes ont été ouvertes !

Tous les jours, il se passe quelque chose d'anormal. En pleine nuit le cheval se retrouve avec la vache dans son étable, un autre jour les lapins sont cachés sous les bottes de foin dans l'écurie avec le cheval, les salades sont coupées et rangées devant la porte de la maison...

Au bout de deux semaines, les nerfs lâchent et Alphonse se décide à tenter de voir cette étrange femme. Il s'habille de noir et cache dans ses poches de veste un missel et un petit crucifix. Il sort et va s'appuyer sur le poteau de l'angle de la clôture vers la plaine. Il attend jusque tard et revient se coucher vers deux heures du matin. Cette nuit-là, rien ne se passe dans l'étable ou l'écurie. Il y retourne le lendemain et les jours suivants. Le sixième soir vers onze heures il voit l'étrange femme arriver, toujours venant de la direction d'Orléans. Son chat est toujours dressé sur la charrette cahotante d'un trou à l'autre. L'étrange femme a cette fois revêtu une grande cape par dessus ses haillons multicolores. Elle avance lentement en claudiquant puis s'arrête à cinq mètres d'Alphonse. Il tente de cacher son émotion mais ses mains tremblent. Se maîtrisant, Alphonse lui demande

« - Que nous voulez-vous ? Pourquoi toutes ces misères ? Qui êtes-vous ?

- Rappelle toi la mare des trois saules sur le chemin de Remainville !

- Elle n'existe plus depuis des années !

- Je le sais. Mais tu étais présent quand ton grand-père a coupé les arbres, tu avais attrapé et tué les oiseaux dont les nids étaient tombés au sol ou dans l'eau.

- Je ne sais plus.

- Et tu étais content de toi ! Je viens les venger , tu vas payer le mal que tu as fait à des innocents et aussi le mal de ton grand père à ces arbres qui ne le gênaient pas. Je suis celle qui défend la nature et qui punit tous ceux qui lui ont fait du mal. Aujourd'hui je suis là, demain là-bas. Pour toi, tu vas compenser en donnant une poignée de graines aux oiseaux tous les jours à l'emplacement de la mare.

- Pourquoi moi ? Pourquoi ça ? Dites-moi.. »

L'étrange femme n'a pas répondu : elle n'est plus là. Alphonse rentre abasourdi et raconte à Berthe ce qui vient de se passer. Est-ce une sorcière, une fée malfaisante ?

Deux fois Alphonse s'est rendu au bout du petit chemin qui sépare un de ses champs de celui d'un voisin. Il n'a pas continué sa distribution de grains. Avec Berthe, ils ont toujours sur eux un crucifix. Ils prient chaque soir pour que cette étrange femme ne revienne pas.

Le soleil devient moins chaud et les feuilles prennent des couleurs avec le mois d'octobre. Alphonse craint toujours le retour de l'étrange femme. En y pensant, Berthe a demandé à la messe de l'Assomption au curé un peu d'eau bénite. Elle porte la petite bouteille dans la poche de son tablier. Dans trois jours c'est la Toussaint. Avant la tombée de la nuit, Berthe accompagne Alphonse qui tous les soirs guette au portail pendant une heure l'arrivée éventuelle de l'étrange femme. Leurs yeux vont de gauche à droite mais rien à l'horizon. D'un seul coup, un énorme éclat de rire dans leur dos les glace d'effroi. Ils se retournent et découvrent l'étrange femme qui danse sur le tas de fumier au milieu de la cour. Ils se dominent et rentrent pour lui faire face, il y a un bon moment qu'ils attendaient cet instant.

« - Que voulez vous de nous ?
- Ha ha ha ha ha ha ! Je viens prendre possession de votre ferme, vous n'avez pas respecté ce que je vous ai demandé
- Vous n'aurez rien ! » Lui répond Berthe
- J'en suis sûr ! » Renchérit Alphonse

Dans un même geste Berthe lance l'eau bénite et Alphonse le crucifix qui touche le chapeau de l'étrange femme. Une grande flamme s'élève dans le ciel en répandant une odeur de souffre. Il n'y a plus rien devant eux. Berthe regarde Alphonse et ils tombent dans les bras l'un de l'autre en pleurant.

Le lendemain matin, ils se rendent à la première messe du matin puis demandent rendez-vous au curé. Ils sont restés à parler de leur aventure pendant deux heures puis sont repartis avec une bénédiction qui doit les protéger définitivement des agissements de cette étrange femme, sans doute la sorcière des saules qui n'aimait les petits oiseaux que vivants

L'étrange femme poussait sa charrette avec son chat noir dessus...

Au moyen-âge, la médecine n'existait pas encore et les seuls soins étaient faits à partir des plantes. Nombre de guérisseurs ou de rebouteux soignaient les gens et les animaux. Autre remède encore plus utilisé dans les campagnes : les invocations auprès des saints guérisseurs. Un historien en a collationné plus de trente lors de ses recherches au dix neuvième siècle. Ces croyances ont perduré jusqu'à maintenant, certaines guérisons ayant été comme miraculeuses.

Pour obtenir les grâces du saint, il fallait souvent faire le pèlerinage jusqu'à lui et continuer par une neuvaine. Lorsque vous ne pouviez pas vous déplacer, des voyageuses intercédaient à votre place. Juliette était une de ces voyageuses.

Juliette la voyageuse

Le siècle venait de naître. On ne sait plus lequel : dix septième, dix huitième ou dix neuvième du nom, ça ne fait rien.

Ce soir là, Bridon, l'âne de Juliette brait de toutes ses forces dans son enclos. Il entend sa maîtresse sortir de la maison et ouvrir la porte de son écurie. Elle se dirige vers lui le licou à la main. Elle traverse la cour, ouvre le portail du pré, attache son âne par le mors et l'entraîne en douceur vers l'écurie. Bridon avance heureux de se retrouver au sec pour la nuit et avec une mangeoire bien pleine. Juliette lui passe un coup d'étrille et nettoie son harnachement. Ce travail fait, elle rentre pour son dîner frugal : soupe bien grasse et une pomme. Elle range son bol et sa cuillère puis prépare son lit installé en alcôve dans l'angle de la pièce unique de sa maison. A côté de cette partie habitable, il y a d'un côté l'écurie de son âne et de l'autre une grange avec des cabanes à lapins et le tas de foin. Un appentis abrite le chaudron pour la lessive et l'entrée de la cave. Un petit jardin permet à Juliette de cultiver des légumes. Au cours de sa vie elle a eu un mari qui est mort dans un accident avec un cheval et n'a pas eu d'enfants. Un voisin cultive ses quelques lopins de terre et lui donne des morceaux de cochon quand il le tue.

Elle n'est pas toujours chez elle, c'est une voyageuse connue à des lieues à la ronde. Elle était avant-hier à Fontenay. Ursule Martelier de Mennainville l'avait demandée : les plantations de son jardin dépérissaient et le niveau de l'eau dans le puits était au plus bas depuis un mois. La sécheresse gagnait. Juliette était restée plus de deux heures à prier là-bas dans l'église et y avait déposé l'obole d'Ursule. Le voyage n'avait pas été vain : deux bonnes averses sont tombées dans la journée arrosant carottes et salades.

Le lendemain, le soleil est déjà haut dans le ciel, Juliette épluche des panais pour sa soupe. Un bruit de carriole attire son attention. Elle va voir à la porte et se trouve face à face avec le père François venu de l'autre côté du village.

« - Bonjour Juliette, es-tu occupée ?

- Dis donc père François, tu es essoufflé, j'ai l'impression que ça ne va pas !

- Non, non, moi ça va, c'est les bestiaux à la maison , faut que tu viennes voir

- Retourne chez toi, j'arrive après manger tout à l'heure »

À une heure et quart, Juliette arrive et salue Germaine. Elle est prostrée sur une chaise devant sa cuisinière et accoudée sur la table pleure.

« - Qu'est-ce qui se passe Germaine ? Ton homme m'a demandé de venir

- Ouais. La Cornue a avorté de trois mois, c'est la première fois qu'elle nous fait ça et les chevaux sont énervés comme si trente mouches les piquaient en permanence et il y a en a un qui fait des bouses comme une vache.

- Il faut que je vous fasse un pèlerinage. Pour tout ça c'est saint Blaise. Le plus près c'est celui de Villars. J'y suis déjà allée, il répond bien aux demandes mais il est exigeant

- Juliette, avec François on va te donner ce qu'il

faut

- Avec votre obole, prépare deux bottes de foin et surtout coupe une petite poignée de poils de chacune de tes bêtes malades. Met les dans un petit sac de toile blanche. »

Juliette fait le tour de l'étable et de l'écurie, caresse les bêtes. Elle repasse par la maison et prend la bourse que lui tend Germaine. Elle pose les bottes de foin sur le bât de Bridon et rentre chez elle. Juliette pose la bourse sur la table de la cuisine et retourne dans l'écurie s'occuper de son âne. Elle le bichonne et lui donne une petite poignée de foin qui provient d'une des deux bottes de François et Germaine. Elle range le reste dans le râtelier hors de portée de Bridon. Elle enveloppe l'autre botte dans un drap blanc bien propre.

Le lendemain matin, Juliette est debout bien avant le lever du soleil. Elle tient son âne par la bride et elle a déjà parcouru quelques lieues quand l'angélus sonne au clocher le plus proche.

Trois heures plus tard elle arrive devant le porche de l'église de Villars. Elle attache Bridon à l'anneau et entre. La porte franchie elle s'agenouille et avance tout au long de la nef sur les genoux en priant. Elle ne s'arrête que devant la statue de Saint Blaise posée sur le petit autel de gauche. Pendant une demi-heure elle prie avec des Ave et des Pater et une prière de son invention créée pour les animaux malades. Elle prend la botte de foin, en pose quelques brins au pied du saint. De la bourse de Germaine elle prend des piécettes et dépose au moins deux liards dans le tronc. Respectueuse, Juliette se signe plusieurs fois en sortant. Arrivée à côté de son âne, elle range avec précaution le drap avec le foin et une fiole qu'elle a rempli d'eau bénite dans le bénitier à gauche de la porte.

Prenant le licou de la main gauche, elle entraîne son âne vers la sortie du village. Elle prend à gauche le chemin de Bessay et s'arrête devant le perron de Saint Blaise. De sa besace, elle extrait le sac de toile avec les crins des vaches et du cheval confiés par François et Germaine. Juliette en prend quelques uns et les jettent sur la pierre tout en faisant trois tours autour de la pierre plate menant Bridon serré au licol. Elle s'éloigne ensuite de quelques mètres avant de fouiller dans un sac du bât où elle prend un morceau de miche de pain qu'elle mange avec appétit : elle était à jeun comme on doit l'être pour les pèlerinages afin que le saint accepte de donner son aide.

Un beau soleil a accompagné le retour de Juliette qui est arrivée chez François et Germaine avant que l'angélus du soir sonne. François qui était aux champs a vu la voyageuse revenir au loin, s'empresse de rentrer. Aussitôt il lui demande si Saint Blaise avait été coopératif

« - Je vous rapporte le foin, pendez le au dessus des râteliers sans que vos bestiaux n'y touchent pendant neuf jours. Mélangez-y les crins présentés au perron. Vous leur en donnerez un peu chaque matin ensuite. Pendant ces neuf jours vous viendrez, tous les deux ensemble, dire deux Ave et trois Pater dans les étables en jetant quelques gouttes de l'eau bénite que je vous donne.

- On va le faire

- Saint Blaise n'a pas été exigeant, voici ta bourse Germaine »

Germaine prend la bourse qui contient encore quelques pièces d'argent. Juliette, comme d'habitude a déjà pris son écot mais ne dit rien.

Germaine donne les quelques liards qui restent et la remercie à nouveau.

Juliette est rentrée chez elle heureuse de son voyage. Elle a quelques sous de plus pour vivre et elle sait que Saint Blaise va guérir les chevaux et la vache de François et Germaine.

« *Elle a déjà parcouru quelques lieues quand sonne l'angélus...* »

La petite fille aux pieds mous

Il n'y avait pas que des saints guérisseurs dans les églises. D'autres lieux avaient des pouvoirs extraordinaires, souvent des sources ou des mares. Seules quelques personnes connaissaient ces lieux. Elles réussissaient souvent des miracles et chacun dans les villages en parlait sous le manteau.

Il y a de nombreuses années une petite fille est née avec des pieds pas tout à fait comme les autres enfants, voici son histoire :

Dans ce village situé sur les bords du Loir non loin de la cité dunoise, Noël se prépare, c'est dans deux semaines. Le jour vient de se lever, il y a une fine couche de neige dehors, les nuages sont bas et presque noirs. Ulysse, le forgeron, prépare le feu dans sa forge en prévision de la dure journée qui l'attend. Il est inquiet pour sa femme, Jeanne. Elle a senti que son gros ventre donne les signes de la fin de la grossesse. Les flammes prennent vigueur et Ulysse revient à la maison. Jeanne est allongée sur le lit dans l'alcôve. Ulysse vient au bord du lit, il se penche et après un baiser, Jeanne lui dit que l'enfant ne va pas tarder. Ulysse commence à paniquer, Jeanne lui dit d'aller chercher la mère Mathilde pour l'aider.

Trois heures plus tard naît une petite fille. Un orage violent a accompagné cette naissance : des éclairs, des roulements de tonnerre ininterrompus, pas de pluie, seulement quelques rares flocons de neige, certains étant même presque roses. Après les premiers cris de la petite fille, Mathilde se prépare à retourner au village. Elle prend Ulysse à l'écart de Jeanne et lui glisse à l'oreille que cet orage annonce quelque chose d'étrange pour la petite fille mais qu'elle sera heureuse.

Le mois de janvier est arrivé et tout est changé dans la maison du forgeron. Ulysse et Jeanne sont aux anges avec leur petite fille qu'ils ont appelée Marie-Hélène. Elle réclame souvent à manger, elle tête avec force les seins de sa maman puis s'endort repue et calme. Ses parents la regardent dormir avec les yeux de l'amour d'un papa et d'une maman heureux.

Le printemps est arrivé et Marie-Hélène sourit en voyant sa maman approcher. Elle gazouille et gigote, allonge ses bras, se tortille les doigts, se prend les pieds dans la main. Un bébé en pleine forme. Jeanne qui la suit du regard pendant qu'elle prépare le repas simple du midi sursaute et s'approche de sa petite fille. Jeanne est surprise de ce qu'elle voit : en jouant, Marie-Hélène entre son doigt dans le talon de son pied droit, la phalange du pouce disparaît dans la chair. Jeanne tend sa main et prend doucement le pied gauche de sa fille qui rit aux éclats. Jeanne pose son pouce sous le talon et appuie doucement : le doigt s'enfonce comme dans de la guimauve et Marie-Hélène continue de rire ! Plusieurs jours de suite, elle refait le même geste. A chaque fois son doigt s'enfonce et sa petite fille n'en semble pas souffrir. Inquiète et un peu effrayée par cette anomalie, elle en parle à Ulysse qui va quérir Mathilde. Le lendemain matin Mathilde vient voir la petite fille. Elle regarde ses pieds, appuie légèrement puis un peu plus fort. Marie-Hélène éclate de rire. Mathilde se veut rassurante pour Ulysse et Jeanne en leur expliquant que ses pieds se feront quand elle marchera d'ici quelques mois.

Mathilde ne l'a pas dit au forgeron, mais le problème de Marie-Hélène est celui qu'elle avait prédit avec l'orage lors de sa naissance. Elle pense que sa mère pourra la conseiller pour tenter une guérison des pieds de Marie-Hélène.

De bon matin, le lendemain Mathilde prend le chemin du bois des Aurais qui domine la vallée du Loir. Le chemin est un peu escarpé par endroit, il monte, il descend. Elle croise deux lièvres, un faisan, un chevreuil. Au milieu d'une clairière elle aperçoit la petite maison en bois de sa mère. Elle vit là en ermite depuis qu'elle est seule dans la vie. Elle se nourrit de tout ce que donne les bois et les animaux. Une source jaillit à quelques mètres.

« - Dis ma fille, tu as un problème pour venir si tôt me voir ?
- Oui. Je ne t'oublie pas, je te ramène des pots de confitures que j'ai faites. Je viens pour une petite fille qui est née un jour d'orage et elle a quelque chose que je n'ai jamais vu.
- C'est quoi ?
- Ses talons sont comme de la mousse, on y enfonce une phalange de doigts, et elle rigole, elle n'a pas mal !
- Il doit y avoir du feu dans sa maison
- Oui son père est le forgeron du village. Et il travaille bien pour tout le monde.
- Cette chose ne va pas guérir tout de suite. Reviens la semaine prochaine j'aurai un onguent à faire appliquer par son père sur ses pieds. Il devra le mettre en deux fois le dimanche en commençant lors de la première sonnerie de fin de messe. Il devra le faire au moins sept dimanches. Attention qu'il n'y ait pas de chien à le regarder faire, l'effet serait nul.
- Je te remercie, à la semaine prochaine. »

Deux mois plus tard, les pieds de Marie-Hélène changent. Au fur et à mesure des massages par son père, des ronds roses apparaissent et sa peau durcit progressivement. Peu de temps après elle commence à marcher mais un autre problème survient. Ses pieds deviennent presque aussi larges que longs. Impossible de lui trouver une chaussure ou une galoche qui convienne. Son père lui fabrique des chaussures très spéciales : une planche de bois avec une peau de chèvre taillée à la demande. Marie-Hélène est heureuse, elle ne sait pas qu'elle est différente des autres enfants. C'est d'ailleurs l'inquiétude de Jeanne. Un jour elle croise Mathilde au village et lui parle de cette déformation. Elle invite Jeanne à venir chez elle où elle lui explique ce qu'elle peut faire :

« - Une solution existe. Il faut se rendre en forêt, il y a une mare près de chez ma mère. On apportera une chemise de Marie-Hélène et une mèche de ses cheveux.

- On peut y aller quand ?

- Dans dix jours, ce sera nuit de nouvelle lune. Je viendrais vers neuf heures du soir chez toi. Nous en aurons pour trois ou quatre heures. N'oublie pas une chandelle. »

Une année s'est écoulée, Marie-Hélène marche normalement et a quitté définitivement ses chaussures si particulières. Pas un jour ne se passe sans qu'elle ne doive montrer ses pieds à sa mère ou à son père. Tout va bien chez le forgeron.

Sa maman ne lui a pas tout dit de sa guérison miraculeuse. La mère de Mathilde, rencontrée au bord de la mare, avait expliqué : « L'orage du jour de la naissance de la petite fille annonçait la grande fête de fin d'année des gnomes. Elle a été envoûtée. Marie-Hélène devra se méfier des moustiques. Ils sont les envoyés des gnomes et ils sont porteurs de leur venin. Une simple piqûre de moustique ferait revenir les pieds tout mou pendant une semaine au moins. Ils sont encore plus dangereux lorsqu'ils arrivent en nuage en même temps qu'un orage. »

Plusieurs fois, toute la petite famille a couru se mettre à l'abri quand un orage se préparait. Deux garçons sont nés et Marie-Hélène s'occupe souvent de ses petits frères. La vie va ainsi dans la maison et dans la forge.

Marie-Hélène est maintenant une belle jeune fille qui a franchi ses quinze ans. Elle aime se promener aux alentours, surtout en suivant le ruisseau qui fait tourner la roue du moulin en contrebas de la forge de son père.

Au cours d'une de ces promenades elle a croisé Pierre, le fils du charpentier du village qui pêchait. Il est beau garçon, il parle doucement. Une amitié se noue entre les deux jeunes. Marie-Hélène n'ose trop s'approcher de Pierre, son regard est étrange, l'iris de ses yeux est peu coloré, un gris bleuté diaphane, on a l'impression de voir à l'intérieur.

Depuis deux ans maintenant les deux jeunes se voient souvent. Ils sont amoureux. Ce soir-là, ils sont sages au fond du jardin, assis sur le banc de pierre. Ils regardent le soleil se coucher tout rouge et or.

Une bise légère souffle depuis le bois. D'un seul coup, une nuée de moustiques arrive et plonge sur les deux jeunes qui s'enfuyaient en courant. Un cri de douleur, Marie-Hélène est au sol. Elle a été piquée et ne peut plus marcher. Pierre est affolé et prend son amoureuse dans les bras et se dirige vers la maison. Ulysse et Jeanne, qui ont entendu crier, sont sur le pas de la porte et regardent, inquiets, leur fille dans les bras de Pierre. Ils l'aident à la déposer sur le lit de l'alcôve. Jeanne entraîne Pierre de l'autre côté de la pièce et lui explique le venin des gnomes, les moustiques et la guérison à la mare dans les bois d'Aurais.

« - Je cours chercher ma mère, elle va s'occuper de Marie-Hélène, elle doit pouvoir faire quelque chose.

- Tu crois ? Elle a des pouvoirs comme Mathilde ?

- Non, c'est autre chose. Elle a aidé des gens bizarres il y a longtemps. Elle retourne les voir à la première nouvelle lune de chaque saison. Lavez les pieds de Marie-Hélène et essuyez les avec de coton. Je reviens vite. »

Une heure plus tard, le charpentier, sa femme et Pierre sont dans la maison avec Jeanne et Ulysse. Jeanne raconte les pieds de Marie-Hélène, ses problèmes, l'onguent, la visite à la mare. La mère de Pierre l'interrompt et lui demandant de décrire cette mare où elle a trempé la chemise et la mèche de cheveux.

« - C'est bien ce que je pensais, elle vous a guidé

vers la mare qui cache le mal, pas celle qui guérit totalement. Je connais ces endroits et je sais quoi faire pour Marie-Hélène et ses pieds tendres

- D'où tenez vous tout ça ?
- J'avais six ou sept ans, en me promenant à cet endroit là, j'ai trouvé au sol un tout jeune écureuil. Je l'ai pris et remis sur la branche basse qui était à ma hauteur. Il est parti en bondissant dans les frondaisons vers son nid.
- Tous les enfants l'auraient fait !
- Sans doute. Mais moi j'ai croisé un peu plus loin une dame vêtue de blanc aux longs cheveux dorés. Elle m'a remercié de mon geste, cet écureuil était son enfant. Elle m'a glissé à l'oreille des formules magiques pour guérir les victimes des mauvais actes des gnomes ou des korrigans. Je vais voir Marie-Hélène. »

Un quart d'heure plus tard Marie-Hélène rejoignait tout le monde en marchant pieds nus.

Quelques années plus tard, Marie-Hélène n'est plus la petite fille aux pieds tendres mais l'épouse de Pierre : elle a plongé définitivement dans ses yeux clairs. Ses pieds sont devenus comme ceux des autres personnes. De plus, elle connaît la prière pour guérir la maladie qu'elle a eu, elle sait lutter contre les maléfices des gnomes et des korrigans : la maman de Pierre lui a apprise.

Une chose que Marie-Hélène ne sait toujours pas : pourquoi son Pierre a les yeux si clairs et si leurs enfants auront ce beau cadeau ?

« *au cours d'une de ces promenades, elle a croisé Pierre...* »

La graisse du pendu

Jeanne s'est réveillée avant le lever du soleil. Depuis une semaine elle a mal à son pied gauche, il est enflé suite à une glissade sur une crotte de sa chienne dans l'allée du jardin. Elle y a entortillé un morceau de drap mais la douleur est toujours là et elle doit même s'appuyer sur une canne pour moins souffrir. Elle a projeté de se rendre chez Nicollas Laurideau. Ce brave est connu à des lieues à la ronde pour ses pouvoirs à soigner différents maux. Sa maison isolée non loin de Dammarie reçoit souvent des visites. L'angélus de six heures a sonné au clocher quand Jeanne part à pied, claudiquant et geignant de douleur, sur le chemin vers Chartres. Il y a trois lieues à parcourir pour arriver chez Nicollas. Elle avance à petits pas appuyée sur sa canne.

À peine éloignée des dernières maisons, elle croise le père Mathurin. Il est installé sur sa carriole tirée par son âne. Arrivé à sa hauteur, il interpelle Jeanne et s'arrête. Il lui demande où elle part de si bonne heure. Jeanne lui montre son pied et sa canne et donc le but de son départ chez Nicollas. Mathurin lui explique que ce n'est pas la peine de continuer : « Nicollas est parti. L'évêque l'a appelé pour son travail habituel tantôt. Il sera de retour demain matin. Si tu veux, on ira ensemble, tu profiteras de ma carriole, ça soulagera ta cheville. Allez, monte, je te ramène chez toi »

Jeanne est donc de retour chez elle en début de matinée. Elle va dans son jardin pour voir comment la nature travaille. Un plant de tomates pointe ses pousses et quelques feuilles dans un châssis adossé au mur de la maison. Jeanne se penche pour voir si autre chose germe. Appuyée sur sa canne, elle finit son tour et rentre. Un coup de balai dans sa pièce unique, elle rempli son baquet de deux draps pour la séance de lessive du lendemain puis se prépare à manger.

Mathurin a brossé son âne puis l'a laissé pâturer dans le pré adjacent à sa fermette. Avant de remiser le harnais, il lui a passé un coup de graisse et l'a fait briller. Il a un peu de binage à faire dans son jardin et de buter les premiers haricots sortis de terre.

Chacun vaque à ses occupations habituelles.

Nicollas Laurideau est arrivé à l'entrée de Chartres. Il se prépare pour une nouvelle journée particulière. Il va rencontrer l'évêque qui lui dira ce qu'il aura à faire dans l'après-midi et quels seront ses « clients ». Par précaution, il a dans sa besace des accessoires neufs qu'il a préparés la semaine dernière dans sa forge.

Le lendemain dès cinq heures, Jeanne est debout et se prépare. Sa robe noire en coton, un gilet de laine bleu foncé, un fichu qui cache ses cheveux et ses sabots bien remplis de paille : Jeanne est presque prête. Un verre de lait chaud et elle part. En moins de cinq minutes elle est devant chez Mathurin. Elle attrape et secoue la clochette fixée sur le pilier de briques rouges. Au coup, Mathurin crie depuis l'écurie qu'il finit de préparer son atte-lage et qu'il arrive. Tenant son âne par le licou, il approche la carriole jusqu'au chemin et l'arrête au niveau de Jeanne. En homme galant Mathurin l'aide à grimper et s'installer sur le banc de bois. Il s'installe à son tour en prenant les rênes en main et fait démarrer l'attelage. Le chemin n'est pas trop mauvais et l'âne avance de son pas lent et saccadé.

Les passagers sont un peu secoués, ce qui n'empêche pas la conversation. Jeanne grimace par moment : elle se plaint de douleurs au dos et surtout de sa cheville. Elle raconte à Mathurin comment elle avait glissé sur une crotte de sa chienne dans le jardin, son pied restant coincé dans le sabot. Elle espère que Nicollas qui l'a déjà soignée pour différents maux – comme une éruption de mauvais boutons, peut-être après un excès de fraises ? - lui permette de mieux marcher. Mathurin lui confie que son voyage est pour ses oreilles qui n'entendent plus beaucoup, Jeanne a d'ailleurs dû répéter ce qu'elle lui expliquait, et aussi son sommeil qui l'abandonne.

L'attelage arrive dans Dammarie et ralentit. Le soleil est levé depuis un bon moment. Mathurin tire sur les rênes et fait prendre la direction de la maison de Nicollas à son âne. Le chemin est empierré et la carriole brinquebale en sautant d'un nid de poule à l'autre faisant heurter les épaules des passagers. Au détour du bosquet qui cachait la maison de Nicollas, Mathurin pose sa main sur le bras de Jeanne et lui montre la dizaine de personnes qui attendent dans le jardin que la porte ouvre. « Il faudra être patient ! »

Deux heures plus tard c'est enfin le tour de Jeanne d'entrer. Nicollas l'invite à s'asseoir sur la chaise paillée devant la cheminée où deux bûches grésillent en crachant quelques étincelles. Jeanne tend sa jambe gauche après avoir retiré son sabot et les brins de paille coincés entre les plis et les épaisseurs de drap et aussi entre les orteils. Nicollas soulève le pied par le talon avec sa main droite et de la main gauche masse lentement le dessus en tournant jusqu'à la cheville. Il appuie plus ou moins fort un peu partout. Brusquement il emprisonne le pied entre ses deux mains et tire un coup sec de toutes ses forces vers lui. Jeanne manque de choir de la chaise et pousse un cri, des larmes perlent au bord des paupières. « C'est fait. Attends encore un peu je vais te masser pour que tu ne sentes plus rien ». Nicollas se lève et prend un bocal qui attend sur la table. Il l'ouvre, une odeur étrange et suave s'en échappe, il plonge sa main dedans et la ressort les doigts recouverts d'une pâte rose. Il étale cette mixture sur le pied de Jeanne qui a réprimé ses larmes. Il se baisse, ramasse le sabot et l'enfile sur son pied puis lui ordonne de se lever. Jeanne se met effectivement debout et fait deux ou trois pas sans ressentir de douleur. Elle se retourne vers Nicollas en lui rappelant que son dos la fait aussi souffrir. Il s'approche d'elle, l'attrape par les épaules, lui fait faire trois tours à gauche sur elle-même, deux à droite puis lui administre deux claques sur les fesses en lui disant « c'est fini, tu peux partir ! » Jeanne toute étonnée d'un tel traitement se secoue, avance vers la cheminée, revient : ses douleurs ont disparu ! Elle regarde Nicollas et lui dit « qu'est-ce que je te dois ? Je n'ai pas grand chose mais passe par la maison, tu sais où je suis, tu repartiras avec un lapin ou une volaille » Nicollas la fixe du regard et lui répond « tu ne dois rien, les riches paieront pour toi ! »

C'est au tour de Mathurin de se faire soigner. Il explique ses insomnies et que ses oreilles sont au repos. Nicollas lui demande d'ôter sa veste et sa chemise. Il passe ses mains sur tout le dos, descend, remonte, appuie sur les omoplates, donne des coups sur les têtes de vertèbres puis masse les épaules et remonte dans le cou pour appuyer derrière les oreilles. Il se retourne et met sur ses doigts le même onguent que pour Jeanne tout à l'heure. Il en étale une bonne couche sur tout le pavillon des deux oreilles. Avec son index il débouche les trous pour que Mathurin entende ses derniers conseils. Nicollas va au fond de la pièce et ouvre les portes d'une armoire. Il sort de l'étagère à mi-hauteur un coffret en bois qu'il pose sur la table et en même temps un morceau de tissu qu'il étend à côté. Il ouvre le coffret, y prend une poignée d'herbes sèches qu'il enveloppe dans le tissu. Il le tend à Mathurin en lui expliquant qu'il doit le mettre dès en arrivant sous son oreiller et le conserver au moins un mois. « C'est pour t'aider à dormir » Mathurin grogne un merci en empochant le paquet et, fouillant dans l'autre poche, sort trois pièces brillantes qu'il pose sur la table et part en remerciant Nicollas.

Jeanne est montée seule dans la carriole sous le regard de Mathurin, ébahi du résultat de cette visite. Ils repartent au train du pas de l'âne. Mathurin demande à Jeanne :

« - As-tu demandé un bout de corde à Nicollas pour protéger ta maison des maléfices et éviter de revenir le voir trop souvent ?

- De la corde ? Quelle corde ? Pourquoi ?

- Moi j'en ai grand comme deux fois ma main accroché au-dessus de la cheminée. Depuis, plus un bruit la nuit dans mon grenier

- Ce ne serait pas tes oreilles qui n'entendaient plus rien ?

- Non j'en suis sûr ! »

Jeanne est devenue silencieuse sur son coin de banc, ballottée par les ornières du chemin.

« Cette corde c'est peut-être les pouvoirs de Nicollas, il en a peut-être acheté hier à Chartres !»

Elle rumine ses pensées jusqu'à l'entrée du village. Elle se risque enfin à demander à Mathurin des détails sur cette corde. Il hésite puis lui dit que Nicollas va à Chartres pour exécuter les sentences prononcées en jugement par l'évêque, et que c'est le gibet qui fonctionne sous les ordres de Nicollas.

Il faut savoir qu'en ces temps-là, les animaux qui avaient attaqué quelqu'un ou simplement mordu, étaient jugés en place publique. Les autorités ecclésiastiques suppléaient les seigneurs pour rendre la justice. La sentence suprême – la pendaison - suivait le jugement et Nicollas procédait à l'exécution. Pour rémunération, il gardait le corps du malheureux cochon ou voire du bœuf et aussi la corde aux nombreuses vertus. La chair des animaux nourrissait sa famille et la graisse transformée en onguent devenait le remède miracle : la graisse du pendu. La seule graisse qu'il n'avait pas dans ses pots était la graisse humaine...

« *Le cochon avait mordu un enfant :*
l'évêque l'a condamné au gibet »

La vengeance de l'Aigre

En cette année 1870, depuis le 10 octobre, les Prussiens avaient quitté Paris et traversent la Beauce. Ils sont désormais aux portes de la ville de Châteaudun où une résistance se prépare avec l'aide des tirailleurs pontificaux. Les Dunois seront héroïques en se battant à dix contre cent voire mille. Ils ne seront vaincus qu'avec la mise à feu et à sang de leur cité, tout le centre ayant été incendié. Le général Ludwig von Mittich a félicité ses hommes, en particulier le général Helmuth von Moltke. Il ne parle pas des exactions commises : pillage, viols, même ceux des religieuses qui portaient secours aux blessés, des destructions de matériel dans des écoles dont des classes sont transformées en écurie... Au lendemain de leur victoire, un groupe de cuirassiers prussiens à cheval visite une à une les maisons du quartier Saint Jean. Leur commandant Lothar von Neuenburg regarde de loin ce qu'ils font. Avec trois de ses hommes, il se dirige vers l'église de la chaîne pour y voler ce qu'il peut encore y avoir. Devant la lourde porte en bois, une très vieille femme avance à genoux. Vêtue de haillons et la tête couverte d'un long châle noir, elle prie à chaque fois qu'elle progresse d'un mètre ou à chaque marche. Elle semble ignorer tout ce qui l'entoure. Les quatre soldats la cernent et ricanant lui fendent ses vêtements avec leurs sabres. Le plus jeune descend de sa monture et dénude la vieille femme. Elle lève la tête et les yeux dans le vide lui crie « L'eau de chez nous sera aigre pour vous, assassins ! Elle nous vengera ! Vous... » Elle n'a pas eu le temps d'en dire plus : d'un coup de sabre le prussien lui tranche la tête. Ses camarades applaudissent et tous repartent rejoindre le groupe. La centaine de cavaliers s'éloigne en suivant le cours du Loir en laissant derrière eux les colonnes de fumée au dessus de la ville. La progression est lente, ils ont sept ou huit charrettes pleines de leurs rapines : meubles, matelas, draps, vaisselles sont entassés pêle-mêle. A Saint Denis, les maisons sont vides même si des cheminées fument, les moulins de Saint Avit et de Moncelair sont visités et des sacs de farine rejoignent le haut des chargements. Plus loin dans un pré deux vaches sont abattues et dépecées : il y aura à manger les prochains jours. Le soleil rougit à l'horizon et Lothar von Neuenburg donne l'ordre du bivouac. La tête de son groupe est dans la plaine de Douy et s'arrête devant une grange. Rapidement une dizaine d'hommes dresse le campement tandis que d'autre forcent les portes de la grange : elle contient du foin qu'un fermier avait stocké pour ses bêtes. Il est vite sorti et réparti pour les chevaux. Par groupes de cinq ou six, les Prussiens s'organisent pour dormir et le sommeil les gagne. La nuit est agitée pour ceux qui n'ont pas encore l'habitude d'une telle guerre avec les milliers de morts des deux côtés.

Au matin avant que le soleil éclaircisse l'est, un messager du général von Wittich arrive. Il remet un pli à Lothar qui en prend connaissance avec ses adjoints. Son groupe doit progresser vers la Loire dans le secteur de Blois pour empêcher l'armée impériale du Maine de revenir sur Orléans et Paris. Ses cuirassiers doivent prendre les chemins de traverse et éviter les grandes routes. Avec son état major,

Lothar déplie les cartes et prend la décision de rejoindre la vallée de l'Aigre, de la remonter et de dresser un camp dans les bois de Marchenoir. À dix heures les Prussiens sont de nouveau en selle. La météo ressemblerait presque à un été de la saint Martin sauf le thermomètre bien proche du zéro. Au delà du moulin de Courgain, leur chemin les guide à travers les bois puis les fait traverser les quelques maisons de la Férandière. Le village d'Autheuil est déserté aussi. Cependant des traces de vie apparaissent : le bois qui flambe dans une cheminée, un chat assis devant la porte, un chien au bout de sa chaîne, les volailles qui grattent dans une cour autour d'une poignée de grains. Lothar dédaigne de pourchasser ces froussards et continue au pas de marche des chevaux. Midi est passé de peu quand les éclaireurs entrent dans Romilly. Ils s'arrêtent dès le pont à côté du moulin. Les chevaux ont besoin de souffler et aussi de boire. Les cuirassiers dirigent leurs montures vers les bord de la rivière d'Aigre. Ils gardent leurs habitudes de rester sur leur cheval pendant que celui-ci boit. Sur plusieurs dizaines de mètres la rive n'est qu'un alignement de chevaux en train de boire. Lothar n'aime pas être au milieu de ses hommes dans ces cas-là et s'écarte. Il aperçoit à moins de cent mètres de la rivière une mare dont l'eau semble claire. Il entre dans le pré et mène son cheval au bord. La monture avance prudemment, met les sabots avant dans l'eau, il baisse l'encolure et tend la tête vers la surface de l'onde. Il est obligé d'avancer dans l'eau qui ne paraît pas profonde mais bien claire et transparente. Un pas puis un autre. D'un seul coup les deux pattes avant s'enfoncent dans la vase au delà des jarrets. Lothar sent que son cheval s'affole, il reprend les rênes et lui ordonne de reculer et de sortir de l'eau. C'est trop tard, il sent son cheval comme aspiré par l'eau. Il s'enfonce inexorablement. Lothar tente de sauter de son cheval mais son pied gauche reste coincé dans l'étrier, il hurle et quelques uns de ses hommes traversent le pré et se rapprochent en courant. Les premiers arrivés tendent leur fusil vers leur chef mais ses bras sont trop courts et alors qu'il fait une dernière tentative pour sauter de sa selle, il disparaît dans l'eau. Les autres cuirassiers arrivent à leur tour et cernent la mare. Ils ne comprennent pas ce qui vient de se passer. Ils se regardent incrédules . L'eau d'un coup se met à bouillonner, un petit geyser crache à plus de dix mètres comme un jet d'eau puis s'arrête d'un coup.

Une tache de couleur apparaît à la surface : la veste de Lothar von Neuenburg. Un soldat empoigne une branche et sonde l'eau. Il touche le fond partout à moins d'un mètre. Tous se demandent où est disparu leur chef. Au bord de l'eau, à la porte du moulin, un soldat est en pleurs. Il a appris le français à l'école et il faisait partie des trois qui accompagnaient Lothar quand ils ont tué cette vieille à la porte de l'église Saint Jean. Elle avait parlé de l'eau qui serait aigre et il est devant le moulin où un petit panneau indique le nom de la rivière.

Le propriétaire actuel entend souvent vers le vingt octobre, quand le vent souffle en rafales, comme des hennissements lugubres venir de sa mare... et il n'a jamais essayé d'en connaître sa profondeur.

La veste de Lothar est remontée à la surface

Le P'tit rù coule rouge

Nous appellerons ce village Beaujeudi pour garder l'anonymat de tous ceux qui ont vécu cette histoire du Pti Rû qui coule rose. Donc revenons à cette histoire qui s'est passée il y a peu de temps non loin de la vallée de la rivière d'Eure.

Georges Maillonnier est maire de cette petite commune dont il est un élu depuis plus de trente ans. Ce jour-là, il est dans son bureau de la mairie et étudie le dossier de demande de subvention pour la rénovation de l'église. La secrétaire de mairie frappe à la porte de son bureau et entre. Il lui demande ce qu'il y a et elle lui annonce qu'une vingtaine d'habitants demande à le voir sur le champ.

Georges Maillonnier est surpris de cette visite. Le village de près de quatre cents âmes est calme. Pas d'usine polluante, pas de mauvaises odeurs, une école où les enfants sont heureux d'apprendre, un ruisseau, le Pti Rû, arrose les jardins des maisons de la rue principale. Derrière la mairie l'ancien abreuvoir voit les enfants venir pêcher ou faire trempette en été. Au début du siècle dernier, les nombreux animaux de ferme venaient s'y désaltérer : une dizaine de ferme possédait veaux, vaches, moutons et chevaux. Le café épicerie était animé tout au long de la journée : la vie rurale sans soucis.

Le maire jette un coup d'œil par la fenêtre pour voir qui sont ces visiteurs inattendus. Il reconnaît des résidents des maisons neuves du haut du village et quelques nouveaux qui ont acheté des maisons depuis une dizaine d'années. Il demande à sa secrétaire de les faire entrer dans la salle du conseil et d'y mettre toutes les chaises disponibles. Il entre dans la salle, pose son écharpe tricolore sur la table et ressort pour inviter ces nouveaux habitants à entrer.

« - Bonjour madame, bonjour monsieur, bonjour... Installez vous mais il n'y aura pas de chaises pour tout le monde. Je suppose que vous avez un gros problème pour venir tous ensemble. Que se passe-t-il dans le haut du village ?

- Merci monsieur le maire de nous recevoir. Nous avons en effet un problème et c'est le même pour nous tous.

- Faut-il appeler les gendarmes ?

- Non ! nous pensons que ce n'est pas nécessaire.

- Et c'est quoi ?

- Nous ne pouvons plus nous servir de l'eau du Pti Rû pour arroser nos jardin et nous avons peur pour nos enfants.

- Pourquoi ?

- Vous savez sans doute mieux que nous que la source qui alimente ce ruisseau est à quelques cent mètres avant nos maisons.

- Sûr que je connais le village. J'y suis né il y a plus de soixante ans, j'ai usé mes fonds de culotte sur les bancs de notre école et plus d'une fois je me suis baigné dans notre ruisseau.

- Avez-vous déjà entendu parler de ce problème ?

- Quel problème ?

- On parle de la source, l'eau qui en sort est presque rouge et le Pti Rû coule rose. On ne sait pas ce qui se passe.

- Aaaah ! Ça recommence, il y a plus de vingt ans que ça ne s'était pas produit. Je vais vous expliquer. Au fait, parmi vous quel est le plus ancien dans le village.

- C'est moi, je crois – répond Christian – Nous avons acheté la maison de la mère Pelletier, celle qui avait un petit troupeau de chèvres. Il y a une quinzaine d'années nous avions signé un viager et elle n'y a que peu survécu. Mes voisins, ici présents, sont arrivés après. Ils ont retapé des maisons existantes ou construit une neuve.

- En arrivant vous êtes vous renseignés sur l'histoire du village ?

- Non ! Répondent-ils tous en choeur

- Vous avez eu tort. Bon je vais vous raconter. »

Les nouveaux habitants s'installent en rond face au maire. Ils se regardent l'un l'autre en se demandant quelle est cette fameuse histoire. Christian se tourne vers son épouse et lui demande si la mère Pelletier n'avait pas raconté un truc sur le Pti Rû rouge lors de la signature du viager.

« - Elle a bien dit un truc, en riant, qu'elle l'avait

fait rougir. Nous, venant de la ville, on avait pensé à une farce de gamins. »

Georges Maillonnier tend l'oreille vers ces paroles prononcées à voix basse et surtout remarque la tête de ses administrés qui se demandent ce que veut dire « ça recommence ». Il s'installe confortablement dans son fauteuil de premier magistrat. Un sourire narquois au coin des lèvres, il prend une grande respiration et entame les explications

« - Dans notre commune, vous l'avez vu, coule un ruisseau, le Pti Rû, qui chemine tranquillement à travers presque tout le village. Il longe les jardins des maisons. Ces maisons sont existantes depuis très longtemps et sont encore, pour la plupart, habitées par les mêmes familles. Sur la colline du Piton, il y avait un château avec un seigneur qui régnait sur toute la région et qui était un véritable tyran.

- C'était quand ?

- Il y a une dizaine de siècles

- Comment le savez-vous ?

-   Tous les villages ont une histoire, des histoires. Elles étaient transmises par l'oralité le soir aux veillées. Au début du dix-neuvième siècle, le curé de notre paroisse a transcrit tout ce qu'il entendait : aux veillées, au confessionnal ou lors de réunions auxquelles il assistait. Tous ses écrits sont conservés dans nos archives et bien protégés.

- Et il a écrit quelque chose sur le Pti Rû ?

- Oui. Voici ce qu'il a noté. Vers le milieu du seizième siècle, le châtelain avait une grande famille : trois garçons et cinq filles. Les garçons se sont mariés rapidement avec les plus belles filles de la région. Pour les filles, c'est leur père qui choisissait leurs maris. A chaque noce, c'était une grande fête, un repas pantagruélique, de la musique, des chansons, des danses, ça durait plusieurs jours. La petite dernière, Bérangère, restait à marier. Elle atteignait ses quinze ans, l'âge auquel ses sœurs avaient pris – forcées – mari. Elle avait refusé deux chevaliers que son père avait fait venir de l'autre côté de la plaine. Elle craignait une prochaine colère de son père. En cachette, elle voyait le fils du meunier qui livrait la farine deux fois par semaine au château. La roue à aubes du moulin de son père tournait grâce au Pti Rû.

Les amoureux se rencontraient de plus en plus souvent le soir dans les bois à une lieue des vannes du moulin. Un soir les corps se sont rapprochés encore un peu plus. A l'abri d'un buisson, une méchante sorcière qui a tout vu sort de sa cachette.

Elle leur annonce que son père saura qu'elle avait fauté et que son amoureux serait tué par son père. Face à cette prédiction, les deux jeunes se serrent encore plus dans les bras l'un de l'autre puis se lèvent et partent en courant. Personne ne les a revus. Par contre le Pti Rû a coulé rouge pendant cinq jours

- C'est une drôle d'histoire, une légende. Vous dites monsieur le maire « ça a recommencé » C'est peut-être le sous-entendu de la mère Pelletier, ce qu'elle nous a dit avec le sourire ?

- C'est même sûr !

- Vous paraissez bien informé la-dessus monsieur le maire

- Baaah ! Heu... je ne peux pas en dire plus.

- Bon on veut bien mais pourquoi ça recommence cette histoire aujourd'hui ?

- Oh ! Je ne vais quand même pas vous faire un dessin. Avec ce que je viens de vous dire vous devez deviner ce qui s'est passé pas loin de chez vous à côté de la source il y a quelques jours. Au fait ne vous inquiétez pas, l'eau sera claire dans deux ou trois jours. Et ça peut encore recommencer...

–

La sorcière menace Bérangère de les dénoncer

–

Saint Ursin

- Bonjour madame Anaïse. Je viens de Brézolles.
J'ai pris ce matin le tacot, le tramway quoi, je repars
dans deux heures. Mon fils a une sale toux. On m'a
dit que vous aviez une solution contre la
coqueluche.

Nul ne sait combien de mères sont venues
voir cette brave dame, mère et grand-mère.
Elles étaient quelques fois seules, d'autres
sont venues avec leur enfant emmitouflé dans une
couverture de laine et un stock de mouchoirs de lin.

- Suivez-moi madame, on traverse la rue et on va à
l'église.

Anaïse sort de la poche de son tablier la
longue et lourde clé de la porte de l'église Saint
Sulpice. Les deux femmes se signent avec l'eau du

bénitier scellé sur le pilier de droite. Elles avancent vers l'autel et s'arrêtent à mi-chemin face à une statue fixée au mur du côté de la rue. Cette statue est celle de Saint Ursin avec la crosse d'évêque dans la main gauche. Anaïse guide la visiteuse et lui demande de répéter après elle la prière demandant la guérison :

« Ô mon Dieu qui par la prédication de Saint Ursin votre bienheureux Pontife, nous avez tirés des ténèbres de l'incrédulité pour nous conduire à la Lumière admirable de l'Evangile et de la Foi, faites mon Dieu que par l'intercession de Saint Ursin tous les petits malades atteints de coqueluche soient guéris. Ainsi soit-il »

Anaïse demande à la visiteuse si elle a apporté un vêtement de son enfant malade. Elle sort de son cabas un tricot de laine un peu déchiré et le tend à Anaïse qui le pose aussitôt sur les pieds de la statue. Les deux femmes récitent trois Notre Père et trois Je vous salue Marie.

Dix minutes plus tard, les deux femmes sont autour d'une tasse de café et Anaïse donne les derniers conseils à la brave dame pour que la guérison de son enfant soit la plus rapide. Avant de repartir, la maman du malade demande le prix d'un cierge à déposer au pied de la statue. Elle laisse une obole pour dix cierges et prend congé.

« ... *par l'intercession de Saint Ursin, tous les petits malades...* »

✿

Anaïse est partie rejoindre les anges
il y a longtemps.

La statue de Saint Ursin a disparu de
l'église.

J'ai été guéri de cette toux du coq.

Anaïse était ma grand-mère,

Elle avait les clés de l'église de
Vernouillet près de Dreux

✿

Au vingt-et-unième siècle il y a au moins trois églises, au sud du département, qui voient leurs Saints honorés par des pélerinages.

Saint Maclou, guérisseur des infections, voit une foule venir prier lors de plusieurs messes successives le jour du 1er mai. Ce pèlerinage a lieu en l'église de Charray au sud du département. Le dimanche suivant l'Ascension, les prières sont adressées à Saint Evroult – ou Saint Yvroult – à Pré-Saint-Evroult non loin de Bonneval. C'est la guérison des furoncles, eczémas, pustules et autres atteintes de la peau qui est demandée. La fin du mal des enfants est espérée par les prières et les chants dédiés à Saint Vrain à l'église de Montharville.

Peut-être que vous aussi, vous avez fait une requête auprès d'un saint pour guérir.

Sommaire

Autres ouvrages de l'auteur déjà parus aux éditions
Books on Demand

Mars 2010 :

Roman d'une vie en Beauce.
Prix du manuscrit 2009 du pays de Beauce et du
pays dunois.

Novembre 2010 :

La vie tout simplement. Poésies et pensées.

Août 2011 :

Piaux d'lapin : piaux !
Enquête policière en terre de Beauce dunoise.

Juillet 2012 :

Des balades et des rêves. Poésies.

Vous pouvez joindre l'auteur par mail :

Email : dd28écrit@orange .fr

© 2013, André Lejeune
Edition : BoD - Books on Demand
12/14 rond-point des Champs Elysées, 75008 Paris
Imprimé par Books on Demand GmbH, Norderstedt, Allemagne
ISBN : 9782322033621
Dépôt légal : Septembre 2013